小云雀跳

走开，电脑
游戏蝗虫总

ȚUP
ȘI PĂDUREA ÎNCREMENITĂ

[罗] 亚历克斯·多诺维奇〔Alex Donovici〕 著

[罗] 斯泰拉·达马斯金－波帕（Stela Damaschin-Popa） 绘

君米 译

湖南少年儿童出版社 小博集

· 长沙 ·

Hoppy the Lark: And the Silent Forest,
by Alex Donovici & Stela Damaschin-Popa
Copyright © Curtea Veche Publishing, 2019

著作权合同登记号：字 18-2023-265

图书在版编目（CIP）数据

走开，电脑游戏蝗虫总 /（罗）亚历克斯·多诺维奇
（Alex Donovici）著；（罗）斯泰拉·达马斯金 - 波帕
（Stela Damaschin-Popa）绘；君米译 .-- 长沙：湖南
少年儿童出版社，2024.8
（小云雀跳跳）
ISBN 978-7-5562-7674-5

Ⅰ . ①走… Ⅱ . ①亚… ②斯… ③君… Ⅲ . ①儿童小
说—短篇小说—罗马尼亚—现代 Ⅳ . ① I542.84

中国国家版本馆 CIP 数据核字（2024）第 108906 号

XIAO YUNQUE TIAOTIAO ZOU KAI, DIANNAO YOUXI HUANGCHONGZONG

小云雀跳跳 走开，电脑游戏蝗虫总

[罗] 亚历克斯·多诺维奇（Alex Donovici）　著
[罗] 斯泰拉·达马斯金 - 波帕（Stela Damaschin-Popa）　绘
君米　译

责任编辑：张　新　李　炜　　　　　　策划出品：李　炜　张苗苗
策划编辑：王　伟　　　　　　　　　　特约编辑：杜天梦
营销编辑：付　佳　杨　朔　苗秀花　　版式排版：马俊赢
封面设计：马俊赢　　　　　　　　　　版权支持：王立萌
出 版 人：刘星保
出　　版：湖南少年儿童出版社
地　　址：湖南省长沙市晚报大道 89 号　　邮　编：410016
电　　话：0731-82196320
常年法律顾问：湖南崇民律师事务所 柳成柱律师
经　　销：新华书店
开　　本：875mm×1230mm　1/32　　印　刷：天津联城印刷有限公司
字　　数：50 千字　　　　　　　　　　印　张：3.75
版　　次：2024 年 8 月第 1 版　　　　　印　次：2024 年 8 月第 1 次印刷
书　　号：ISBN 978-7-5562-7674-5　　定　价：25.80 元

若有质量问题，请致电质量监督电话：010-59096394　团购电话：010-59320018

跳跳

一只生来就没有翅膀的小云雀，曾经被妈妈忍痛抛弃，万幸被呜呼发现。跳跳坚强、勇敢、善良，深爱着自己的朋友们，愿意为他们做任何事情。

呜呼

一只吃素的猫头鹰，也是森林里最有智慧的动物。他也被称为"森林幽灵呜呼"，因为他有一双橙色的大眼睛，经常在夜晚去森林里巡视，其实他只是想看看有没有动物需要帮助。

闪电球

一只奔跑起来速度像闪电一样快的蜗牛。他是十分独特的蜗牛，壳里装了很多书。他非常热心，在朋友们遇到危险的时候，会第一时间冲过去帮忙。

命啊

一只体形很大的渡鸦。他曾经是一个胆小鬼，总是会被莫名其妙的事物吓到。后来，在呜呼和跳跳的帮助下，他克服了恐惧，成了森林里最勇敢的动物。

英俊

一只极度爱美的火鸡，不管什么时候，都在欣赏自己的美貌。虽然他自恋又自大，但朋友们遇到危险时，他却能勇敢地站出来。

蝗虫总

一只有时候会z、c不分的蝗虫。他曾经在森林里开了一家商店，给森林里的动物带来了不小的伤害，后来跳跳感化了他，他决定留在森林里，全心全意地为森林做些好事。

目　录

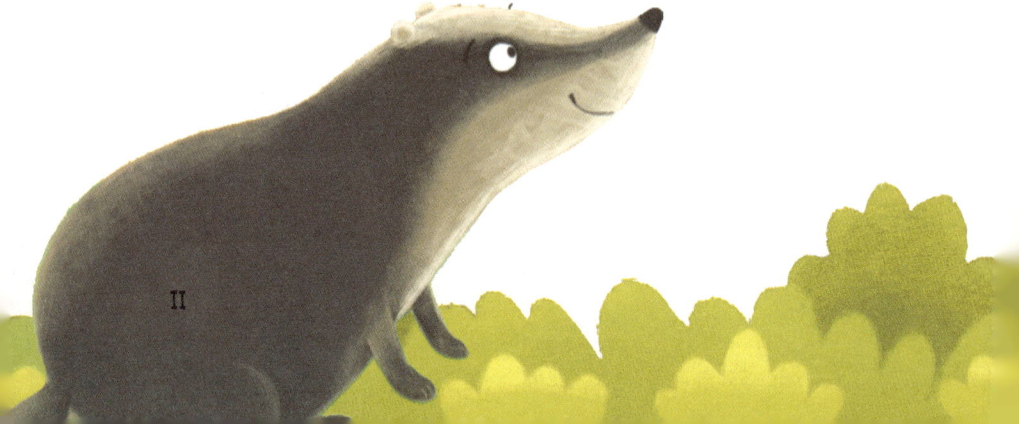

第一章
梅奥冲啊

"闪电球先生，闪电球先生——！"

跳跳站在闪电球先生的壳前，叫着他的名字。他没有在外面，那就一定在里面。我的意思是，你知道的，在他的壳里面。跳跳非常想念他。她和哥哥姐姐们一起去妈妈家过的新年，在那里过完了冬天。天气实在太冷的时候，不能出去玩，跳跳便把时间都用来看书了。她读了一些关于武士的书，了解到他们是一群勇猛的战士，训练有素、剑术高超、无所畏惧，可以为了荣誉和他们的将军献出生命。跳跳还在书里看到关于女性武士的内容，只不过十分稀少。我们的小云雀非常肯定，如果她早生三百年，一定也能成为一名小小的武士。

不过现在她回到了这片林中空地，只想见见她的朋友们。我希望你们没有忘记智慧的森林幽灵呜呼、心肠柔软的小乌鸦雪球、帅气的火鸡英俊、勇敢的渡鸦命啊，还有世界上跑得最快的蜗牛闪电球。由于闪电球先生住得离她最近，跳跳决定先去见他。

可事情有点不对劲。闪电球先生的壳平时都是干净整洁、擦得锃亮的，现在却脏兮兮的，还……糊着鸟类的排泄物。不仅如此，还有一只傻蜘蛛正决定在蜗牛壳上织网，这也说明闪电球先生有好一阵子没挪过地方了。跳跳担心起来。要是她这位超音速运动的朋友出了什么事该怎么办？没准儿他生病了，还可能是重病！

"闪电球先生——！请你从壳里出来一下！你不出来我是不会走的！我要确定你没事！"跳跳用力大喊。

还是一点回应都没有。这下，跳跳直接跳到蜗牛壳前，用她的喙用力敲起来：笃，笃，笃。然后

她把耳朵贴在壳上仔细听了听，觉得自己听到了一点动静。闪电球先生确实在里面，还生龙活虎的！她更用力地敲了起来：笃笃笃，笃笃笃！

终于里面传来窸窸窣窣的声响，接着她就听到闪电球先生不高兴的声音："走开，我很忙！"

然后跳跳又听到闪电球先生一直嘟囔着："梅奥冲啊，梅奥冲啊……"

那是什么？跳跳惊讶地想：梅奥冲啊？这是什么？不会吧！闪电球先生神志不清了！我们的蜗牛先生疯了！我得见到他，我必须见到他！于是她更用力地敲着壳，用力到她都害怕会把自己的喙敲裂，或者把蜗牛壳敲碎了。就在这时，闪电球先生把头伸了出来。

然而，呃……似乎有些困难。世界上最快的跑步健儿竟然没法从他的壳里出来。等到他终于把头挤出来，跳跳被眼前的景象震惊了。这只蜗牛脸色苍白得像鬼一样，他的眼睛又红又肿，他的脸……很圆。直说了吧，他现在胖得像一块黄油！两颊鼓

成两团，令人无法忽视的双下巴都
垂到胸上了。太阳照到脸上的那一刻，他飞快地闭
上眼睛大叫起来：

"怎么这么亮？关掉它，快点！太阳是爆炸
了吗？太亮了，有没有人能把它关掉，我要瞎了！
噢，是你，小姑娘，你又来烦我了？现在不是时
候，我很忙，我在忙……一些事情。"

接着他又嘟囔起来："梅奥冲啊，梅奥冲
啊……"

"闪电球先生，你究竟怎么了？嘿，你还好
吗？我不知道该怎么说，请不要生气。但……我还
是直说吧，你看起来很不好！你看起来糟糕极了，
真的！皮肤苍白、眼睛红肿，而且你太胖了！你的
头看起来就像一颗发光的白樱桃，你不该这样啊，
闪电球先生！"

"你在说什么，小姑娘！我感觉自己非常好！
再好不过了，哈哈！"

"你最近还在森林里跑步吗？"

　　"我为什么要去森林里跑步？我在家里也能跑步，就坐在椅子上。那感觉舒服多了，简直美妙极了。而且，我已经不需要再去和又傻又老的兔子赛跑了，我可以和世界上速度最快的动物比赛。"

　　"你说什么……你是说在哪里？"

　　"什么在哪里？"

　　"你在哪里和世界上速度最快的动物比赛？"

　　"什么叫在哪里？当然是在我的房子里！"

　　"在你家里？"

　　"那当然不可能是在你家里啊，哈哈！"

　　"可是什么动物能钻进你的房子里呢？你还要和他们在这么小的封闭空间里赛跑？是很小的动物吗？像昆虫那样的？"

　　"不是，当然不是！我是和世界上最大、速度最快的动物

比赛！和他们赛跑。我刚过了鸵鸟关，正要过猎豹关。我有没有说你来得特别不是时候？"

"闪电球先生，我彻底听迷糊了……"

"这不奇怪！你已经跟不上真实的世界了，孩子。你落伍了。我发现了科技，当代社会的魔法。你真的想知道这个秘密吗？那就……"

第二章
静默的森林

"我在玩电脑游戏！全世界最好玩的游戏：梅奥冲啊。"

"梅奥……什么？"

"冲啊。梅奥冲啊。你可以当它是一种美味的佐料，作为圆圆的酥片的最佳搭配。"

"酥……什么？"

"酥片。很好吃的零食，一种脆脆的零食。我有没有说你对现在的世界一无所知？我从蝗虫总那里买了'梅奥冲啊'。买它会附赠十包酥片，配上蛋黄酱简直太美味了，我每过一关都会买一次。我一边玩一边吃，一边吃一边玩。一直都没动过。只要我过了游戏的下一关，就能用半价再买十包酥片，

因为这是我过的第十关。"

"噢，不……你已经过了九关，那就意味着……你已经吃了九十包酥片了？"

"我很高兴你数学学得不错！答对啦！学好数学对你有好处，现在你可以走了！我要继续玩第十关了，猎豹关。回见，小鳄鱼！"

"闪电球先生，等等！就是这些游戏还有酥片让你生病了！你一直坐在电脑前，还吃了这么多蛋黄酱和酥片，所以才会长这么胖！我们去森林里跑一跑，吃点新鲜的东西，比如一两颗黑莓，一些生菜叶子！还有，你刚才说的什么……蝗虫宗？什么宗？什么蝗虫？我们的森林里没有蝗虫！"

"我没有说宗，我说的蝗虫总。就像那些牛仔们经常说的，哈哈，你什么都不知道，小姑娘！他开了一家商店，卖电脑游戏和酥片，就在去年被废品场的火烧掉的那几棵老树那儿。你还记得吧，去年冬天一直不下雪那会儿？他是老板，所以他们管他叫老总。他雇了很多蝗虫在店里帮他做事。你去找他买点酥片吧。相信我，真的很好吃！你在那里说不定还会遇到渡鸦命啊、火鸡英俊，或者你的朋友雪球。"

"什……什么！他们也在玩电脑游戏、吃蛋黄酱酥片？！"

"你以为呢？我会是唯一一个吗？这座森林里所有的动物都痴迷于电脑游戏和酥片！再见！"

然后闪电球先生又嘟嚷着"梅奥冲啊，梅奥冲啊"，动作缓慢地退回了自己的壳里。

跳跳这才意识到，森林里非常荒凉、清冷。没有鸟儿的啁啾声，没有啄木鸟的敲击声，也没有树枝被野兽踩到的断裂声……就连湖上的薄雾都变得安静了。太奇怪啦！这可是春天，美妙的春天，又晴朗又温暖又明丽。森林里应该是生机勃勃的，处处充满欢声笑语的，现在却安静得像一间空无一人的休息室。

"所有的鸟儿、野兽，还有昆虫都不见了。还是说……闪电球先生说的是真的？难道他们都稳稳地坐在他们的巢里、地穴里或山洞里，吃着蛋黄酱酥片玩电脑游戏？不，这不可能！他们一定都聚在林间的空地上，或许那里有演出！我可以先去找雪球，他住得离空地很近。而且我敢肯定，那些蝗虫骗不了他。我要去找他帮忙，让闪电球先生从壳里出来。雪球一定会帮我的！"

第三章
自愿成为囚徒

跳跳向雪球家冲去。你还记得他家吧？那只小乌鸦在地下挖的那个隐蔽的洞，外面还有一堆石头做掩护。那时他还把自己藏在白色粉末下，为了不让别人猜到他究竟是一只什么鸟儿。那个时候，他为自己是一只乌鸦而感到羞愧。但现在，所有人都很爱他，他不需要往羽毛上扑白粉了，可他还是住在地下，也把他的昵称保留了下来。

"雪球！雪球！"跳跳大喊着跑过通往雪球住所的隧道，"雪球雪球，帮帮我！闪电球先生疯了，他都不跑步了，整天都在玩电脑游戏！"

然而雪球并没有像往常一样跟她问好。跳跳来到他的房间时，只见房间中央的地毯上高高地堆着小山一样的空包装袋。一个声音从那座小山后面的某个地方传来："我挖一下吃一口，我挖一下吃一口，挖一下吃一口。"还伴随着快速激烈的咀嚼声：嘎巴，嘎巴，嘎巴。

　　小云雀绕过那些空包装袋，看见雪球正坐在树叶铺成的床上。他拿着一台平板电脑，身旁还有一堆基本清空的包装袋。雪球已经不像一只小乌鸦了。他完全变样了。现在的他看起来更像一个披着黑色羽毛的大圆球。大圆球的顶端有一张小小的、灰色的喙，里面塞满了食物碎屑；还有一双眼睛，完全粘在了平板电脑上。每过一小会儿，小乌鸦就会塞一嘴酥片：嘎巴，嘎巴，嘎巴。然后抓紧时间按各种按键。

　　跳跳瞥了一眼那台平板电脑。到底是什么吸引了雪球，让他完全无暇顾及周围的任何事情？小乌鸦的游戏里有一只土拨鼠，正在不停地往地下挖隧道，然后在隧道的尽头建房子。每当那只土拨

鼠建好一座房子，雪球的屏幕上就会亮起如下消息：

又一座房子落成，

恭喜你再得十分！

只需再多挖一点，

酥片就等你来分！

小乌鸦的眼睛欣喜地亮了起来。

"只需要再建三座房子，我就能再得三十分，就可以半价买十包酥片了！"雪球一边说，一边又往喙里塞了一把酥片：嘎巴，嘎巴，嘎巴。

"雪球，你到底怎么了？是我啊，跳跳，你看看我！"小云雀恳求道。

可是小乌鸦没有理睬她。感觉就像他并没有注意到跳跳在这儿，而且就站在他旁边。他点开了游戏的下一关，开始挖掘一条新隧道，建一座新房子。

"天哪，雪球比闪电球先生更严重！"跳跳想，"闪电球先生至少还能听见我说话，还会稍微动一动，跟我聊一聊……雪球压根就不说话了。我的天哪，接下来我要做什么？要是命啊也是这样怎么办？还有火鸡英俊？也许连呜呼也……我必须拯救他们。如果不能戒掉酥片和电脑游戏，他们就要完蛋了！我该怎么做？我该怎么做……"跳跳思考了一阵子，一个主意闯进了她的脑海："我知道该怎么办了！我去找蝗虫总，告诉他酥片和电脑游戏带来的可怕影响，它们让大家都生病了。他一定会明白过来，并且把他的店关掉的。我觉得，毕竟森林居民的健康比他的生意重要多了，不是吗？"

第四章

没有酥片，就是末日

跳跳相信蝗虫总会认同她的看法，她能劝说他带着酥片和电脑游戏去别的地方。于是她出发往烧焦森林去了。这是他们给去年冬天人类烧垃圾的那个地方取的名字，蝗虫总的店就开在那里。没过多久，跳跳就看到了一些大火留下的痕迹，大树的树干还是焦黑的，尽管它们的树枝上又开出了花朵、生出了新芽；小块小块稀疏的草地和光秃秃的灌木丛也渐渐冒出来了。她越往烧焦森林的中央走，身边的世界就越灰暗。最后她来到了一处完全贫瘠的地方，目之所及寸草不生。这里什么都没有，只有一片灰扑扑的废墟浸在脏兮兮的水洼里，那是大雪融化后留下的最后的残迹。如果走近后仔细观察，就能看

蝗虫总的酥片
和电脑游戏商店

出一座建筑的模糊形状。

在那片废墟的中央的，就是蝗虫总的商店，高高的，灰色的墙，看起来像一座鼹丘——如果你非要问我它是什么样子的话。这是他的员工——一大群蝗虫——用混着灰的黏土砌起来的。这座建筑一看就不招人喜欢，在它的入口上面，还挂着一个又大又闪的黄色招牌，用亮色字母写着：蝗虫总的酥片和电脑游戏商店。想象一下，这还不是最讽刺的，最讽刺的是森林里的所有居民都在商店门前排成了一列。他们全都身材肥胖、脸色蜡黄，因为要努力拖动自己笨重的身体而哼哼唧唧。没有人说话，但每个人

都带着一些东西。一只圆滚滚的松鼠带了一个装满坚果的背包，正艰难地拖着它往前走。那只差点和闪电球决斗的棕熊提着一个篮子，里面装着一个满是蜂蜜的蜂巢。一只高大的兔子带了些蘑菇。还有一只矮壮的夜莺，尽管已经快飞不动了，她还是衔来了一个美丽的花环。

这些动物们来到商店，在门前排成队。队伍十分壮观，他们一个接一个地，从商店的正门进入那座鼹丘，几分钟后又从后门出来。装着森林里各种物资的篮子或者背包不见了，取而代之的是满怀的酥片。和来时一样，这些森林里的动物们又一言不发地回到森林里，消失在灌木丛后。跳跳简直不敢相信自己的眼睛。蝗虫总获得了这么多大自然的馈赠，作为回报，他竟然在每个人的肚子里都塞满了蛋黄酱酥片。

跳跳觉得有一股怒气从胸膛中升起。她也许只是一只小小的云雀，但她无法眼睁睁地看着朋友们被愚弄，被害得生病。天哪，如果她是一名武士……

她迈着沉重的步伐，直接越过那些耐心等待着轮到自己进入商店的动物们，切断了队伍。一只小小的、身披绿色马甲的蝗虫站在柜台后面。你们猜谁出现在了跳跳面前？

第五章
他们给你们下咒了，
伙计们！

火鸡英俊！那只独一无二的、除了帅气什么都不在乎的火鸡出现在跳跳面前！不过新年的时候，他确实收到了一些书当礼物，他也确实开始读书并学习各种事物。比如，他学会了编织美丽的植物纤维服饰。自从烧垃圾的大火把他的尾羽烧掉，让他变成……呃……光屁股之后，他就穿起了短裙。而现在，他正把一件用漂亮的草叶编织而成的外套递给穿绿色马甲的蝗虫店员。

"下午好，我叫英俊。我已经通过了游戏'织一织，得酥片'的第八关，赢得了八十积分。我想请蝗虫总笑纳我亲手织的这件外套，并以此换得八包蛋黄酱酥片。"

跳跳一下子跳到火鸡和柜台之间。

"英俊先生，是我，跳跳！不要用你的外套去换酥片！一直吃那玩意儿会生病的！你会变成一个大胖子！你真的要放弃对外表的要求了吗？"

英俊看着她，带着些不安。他能清楚地认出这只小云雀，但也能清楚地感受到自己对酥片的渴望。但是……他无法抑制这种渴望！

"我不认识你，小鸟。我不叫英俊，我叫……反正不叫英俊。请你不要插队！如果你也想要酥片和游戏，应该像我们一样文明地等候。"

"英俊先生，我既不想要酥片，也不想要游戏！我已经看到了沉迷它们的后果！闪电球先生胖得几乎出不来他的壳了。雪球更严重，连床都下不来，除了电脑游戏，他听不到也看不到任何事情。求求你了，英俊先生，我能感觉到你还没到他们那个程度，我知道你肯定认出我了，你一定要帮我！你要跟这种玩电脑游戏和吃酥片的欲望做斗争。你能战胜它！别让它控制了你的生活！"

英俊的肉垂因羞愧而涨得通红。他慌张地左右看了看，发出奇怪的咕噜声。他明白跳跳告诉他的道理，完全明白。也许是由于他还没玩那么久的电脑游戏，也没吃那么多的酥片，他才涨了四磅①左右。这只火鸡在与自己做斗争，一半的自己告诉他应该去帮跳跳和他的朋友们，而另一半的自己告诉他应该拿外套换八包美味的酥片。

终于他深吸了一口气，这代表他已经做出了一个重要的决定。他看着跳跳的眼睛，露出了微笑，跳跳也笑着看他。小云雀深感欣喜。她感觉自己成功劝说英俊帮助她了，她觉得自己赢下了和蝗虫总的第一场交锋。紧接着，只见火鸡英俊坚决地转向蝗虫店员，皱着眉说道："蝗虫先生，这只小鸟在妨碍我。请把我的酥片给我。"

跳跳惊呆了。穿绿马甲的蝗虫粗声喊道："保安，我们这里有一只没翅膀的云雀在捣乱！"

柜台后面，一扇门打开了，走出来的是……

———————
①英美制重量单位，一磅约合0.45公斤。

第六章

好兄弟命啊
拒不帮忙

命啊。渡鸦命啊。跳跳的这位好朋友抱来了满怀的酥片。他把酥片轻轻地放在柜台上，英俊飞快地抓起几包就走了。穿绿马甲的蝗虫对渡鸦说道："小子，把这只没翅膀的云雀赶出去，她在骚扰我们的顾客。"

命啊瞪着蝗虫，眼睛里闪过愤怒的光："我的名字叫命啊，不叫小子……"

但那只是一瞬间的事。他拎起英俊留下的外套，扔到一堆其他动物拿来交换酥片的东西上面，随后转向跳跳："小姐，请你离开这家商店。你打扰到客人了。谢谢。"

"命啊，是我啊！"

"小姐，请不要给我惹麻烦。我不想失去这份工作，请你离开这家商店。"

"命啊，我不会离开的，除非你跟我一起走，你一定要帮我！你是我的朋友，勇敢的朋友。闪电球先生、雪球、英俊，甚至可能连呜呼都变得糟透了，就因为这些……浑蛋酥片！不只是他们，整座森林里的生物都成天坐着，除了玩电脑游戏和吃酥片，其他什么也不想做。你看看他们！蝗虫倒是越来越富有了，但这是以其他人越来越病态为代价的！"

就在这时，一个尖利刺耳的声音突然从墙上的喇叭里传出来："大呼鸦，把那只小了带到我办公室来。"

跳跳盯着那个喇叭看了看，然后又看向命啊。

"他说的'大呼鸦'是什么意思？这是谁在说话？'小了'又是什么？"

第七章
命啊叹了口气

"这是蝗虫总。他不说'薯',说'酥',也不说'乌',而是说'呼'。'大呼鸦'就是'大乌鸦',也就是我。他并不在乎渡鸦和乌鸦是否完全一样。如果他在乎,他就能分辨出来,因为他也不是个傻瓜。他只是不在乎。他只在乎自己的经济收入,在乎如何变得更富有。'小了'就是'小鸟',是在说你。我必须把你带去见他。"

"命啊,你还没有被电脑俘虏。求求你了,帮帮我!"

"跳跳,请别让我为难……电脑没有俘虏我,是因为我没法玩游戏。我的眼睛不好,需要戴眼镜,就像呜呼那样。但我爱酥片。我整天吃它们,都停不下来。我得不到足够的酥片，因为我没办法通过玩电脑游戏赢得积分。所以我为蝗虫总工作。我是他的保安。他每天付我一包酥片作为报酬，虽然不多，但至少有……"

"命啊，我跟你说，你视力不好反倒是一种幸运！你还没有变得像其他人那么胖。如果你只是时不时吃点酥片，还可以保持健康和强壮！不过我觉得每天吃一包酥片也会发胖……你最好把这个比例再降低一点。好了，带我去蝗虫总那儿吧，我想去跟他谈谈。但你得向我保证你会帮我一起拯救朋友们。你保证！"

然而命啊没有回应她。他们来到了一扇宏伟浮夸的金门前，那扇门就像阳光一样耀眼，这是通往老总办公室的。命啊敲了敲门，一个像生锈的小号发出的声音一样刺耳的声音在里面答道：

"四（是）谁？"

"是我，命啊，蝗虫总。我把跳……我把那只小鸟从店里带过来了。"

"哦，就是那兹（只）既不想买酥片也不想买游气（戏）的奇怪小了？让她进来！"

命啊侧过身，同时在跳跳的耳边小声说道："我会在这儿等你，跳跳。小心点，如果你对蝗虫总说他不应该在这里卖他的电脑游戏和酥片，他就会变得非常危险。听见了吗？一定要小心！"

跳跳向他露出一个甜美的笑容。她确定命啊还是喜欢她的。但其他人的问题也非常明显，这些电脑游戏和酥片为沉迷于它们的人带来了可怕的后果。带着说服蝗虫首领离开森林的决心，跳跳走了进去。

如果她是一名武士就好了……

办公室是一个宽敞的房间，里面放满了各种森林物资，都是森林里的动物们用来交换酥片的东西。果干，各种坚果和种子，用不同种类的鲜花、秸秆和树枝编成的花环，五颜六色的小石头，等等。房间的一个角落里放着一台跑步机，另一个角落里放着一个巨大的书架，上面摆满了精美的……书籍。在房间中央一个黄色的羽绒垫子上有一个绿色的……

东西。绿色的，很闪耀，很小。

"你四（是）谁？"一个声音问道。好像是那个很小的绿色物体发出来的声音。"走近点。"

跳跳往垫子那边跳了跳。她终于可以仔细看一看蝗虫总了。他很小……非常小，甚至比一只寻常的蝗虫还要小。他是她见过的最小的蝗虫，最多只有跳跳的喙那么大。他穿着一件金色的上衣，一条红色的运动裤，戴着一条精美的串珠项链，像是用纯金打造的。

"金块，小了（鸟）。金块，纯金的。"

"不好意思……金……什么？"

"金块。小块的真金，一条鱼在森林里的溪流底部找到的。那条鱼把它们送给我了，用来交换酥片和电脑游戏。"

"所以这就是为什么每个人都说'酥片'！因为你把'sh'说成了's'……酥片连森林里的溪流都占领了吗？"跳跳震惊了。

"首先，小了（鸟），我想做什么，想干什么

都可以。我可以管这叫酥片，因为我想这么叫它们。其次，我的酥片已经占领了所有地下的洞穴、地上的巢穴，以及全部河流与溪流。所有动物都想玩电脑游戏，吃酥片。告诉我，你四（是）谁？还有，你为什么在仄（这）里？"

跳跳深吸一口气，说："我叫跳跳，我住在这座森林里。我必须让你知道你的酥片和电脑游戏让我的朋友们都生病了。他们很不舒服，气色很差……

除了玩你的电脑游戏、吃你的酥片，他们什么别的事情都没干。容我冒昧地说一句，请你带着你所有的酥片和电脑游戏离开这座森林吧。或者另做一门生意，一门真正对森林里的生物有益的生意，这样更好。"

蝗虫总敏捷地一跳，落在跳跳附近。他从头到脚地打量了她一番，又绕着她走了一圈，最后停在她面前，深深地看着她。

"小了（鸟），你没有翅膀。"

"那又怎么样呢？我有很多其他的品质。比如，我像针一样犀利。而且我还有很多朋友，会在我需要他们的时候伸出援手。你没有心。因为你，我的朋友们也变得只剩下壳了。我深深地爱着他们，我很想念他们，我想让一切都回到从前。我会尽最大的努力帮他们恢复！"

蝗虫总非常好奇地看着她，对她说……

第八章

蝗虫总不为人知的故事

"小了（鸟），我喜欢你，真的。你很强大。几乎比这座森林里所有的动物都要强大。你有着钢铁般的意志。但你真的觉得你的朋友们会为你战斗吗？你难道没有看到吗？他们甚至都没办法为自己而战，为自己的健康而战。他们没有自控力，没有意志，所以现在被酥片和电脑游戏控制了。放弃吧，你赢不了的。"

"可是，老总先生，你真的不担心接下来发生的事吗？如果他们继续吃酥片，并且整天坐在电脑前，很快就没人动得了了。他们无法再为你提供任何东西！那时你要怎么办呢？"

"我会去下一座森林，小了（鸟），再在那里售卖酥片和电脑游戏。你以为这是我带着我的产品

入驻的第一座森林吗？哦，你问我会不会担心他们？不，我一点也不担心。首先，我只在乎自己！你觉得他们会为我担心吗？"

"我觉得他们会。并且我觉得只要你有需要，他们一定会帮助你。"

蝗虫总笑起来，露出他嘴里的一颗金牙。

"你很可爱，也很天真。或许是因为你一直都很幸运。让我来告诉你一些我没告诉过任何人的事吧。你看，我个子很小，对吧？瞧我说的，小……我四（是）地球上最小的蝗虫。我永远四（是）族群里最慢的那个。没人理会我，从来没有。我飞得最慢，因为我的翅膀最短。我永远四（是）族群里最后到达目的地的，因此也从没有什么东西留下来给我吃。我经常饿着肚子睡觉，总四（是）睡不着，因为丝（实）在太饿了。但你知道我会做什么吗？我会阅读，阅读任何能拿到的东西。我从书里读到了酥片和电脑游戏，我发现了它们多么让人欲罢不能，这才有了这个商业计划。我节衣缩食，用省下

044

的钱为自己买了一台电脑。然后我依靠自己小小的脑子，研发出了最好吃的酥片配方。它们四（是）用食物残渣做的，但所有人只要尝过它们，就再也忘不掉了。这就是为什么我管它们叫'酥片'。我把最初做好的几包给了一只懒惰的兔子，他把所有的胡萝卜都给了我。我用那些胡萝卜又换了两台电脑，然后用它们再加上二十包酥片，跟一只牡鹿和一只狐狸交换了他们的鹿茸和皮草。就这样，一直到现在。我曾经四（是）一个饥饿的弱者，现在成了世界上最富有、最有权力的蝗虫！我成了蝗虫总！现在所有的蝗虫都为我工作，所有的鸟、兽、爬行动物和昆虫都把他们的物资献给我。我不会再挨饿，我拥有了曾经渴望的一切！你无法阻止我！小了（鸟），别惹我！我不想伤害你，因为我很喜欢你。曾经有人想让我离开他的森林，可最后他自己深陷麻烦之中。所以，赶紧走吧。"

随后，他又用那嘹亮的、小号一样尖利的嗓音大喊："小子，这只没有翅膀的小了（鸟）要走了。把她带出去，并且确保她不会再回来！"

第九章
孤身面对世界

命啊打开了门。他的眼睛里又闪过和之前一样的光。

"我不叫小子，我叫命啊。走吧，跳……呃……小了，请你出去。"

往外走的时候，跳跳对蝗虫总说："老总先生，你读的那些书让你变得十分聪明，但遗憾的是你把你的机智用在了邪恶的地方。你能想象有多少善事可以做吗？也许你不会这样富有，但你一定会更快乐。因为牺牲其他人的舒适和健康一定不会让你快乐。只有帮助别人才会让你获得真正的快乐。顺便说一句，你告诉我你拥有了曾经渴望的一切。可你有真正的朋友吗？就算一个也好？如果没有，那你

一定比你想象中贫穷
得多！"

然后她走出门，
缓缓地跟在命啊后面。
跳跳在想是谁已经尝试过把蝗虫总赶出森林……是
谁呢？还有谁已经看到一直吃酥片和玩电脑游戏的
危害了呢……谁？

是呜呼！亲爱的猫头鹰呜呼，他那么善良又睿
智，把她抚养长大，还告诉她要相信自己。可为什
么蝗虫总说他的结局不好？

"命啊，呜呼出什么事了吗？"跳跳问命啊，"他
来过这里对吗？他还好吗？"

渡鸦垂下了头。他非常羞愧。

"是的，他来过这里，跳跳。他也曾劝说蝗虫
总离开这座森林，但老总生气了。"

"他对呜呼做了什么？他伤害了他吗？"

这时他们刚好走出商店的后门，拿到酥片的动
物们都是从这里离开的。

"对不起，跳跳，我不能告诉你。我需要酥片。"

这就是跳跳从命啊那里得到的所有信息了。随后，命啊在她面前砰的一声关上了门。

第十章
从糟糕变得更糟

"我必须弄清楚呜呼发生了什么事!"跳跳暗自对自己说。她以最快的速度向那只善良的猫头鹰的树洞跳去。

狂奔着穿过森林的跳跳简直不敢相信自己的眼睛。这座森林看起来就像废弃了,一片荒芜,一片死寂。四处都没有任何动静。草长得奇高无比,因为没有人啃食它们;树都脏兮兮的,因为没有鸟儿清理它们,鸟巢也都乱七八糟的……甚至连蜘蛛网都是陈旧破损的。这些景象实在是让人难过,就像一座废弃的房子,被遗忘在时光里。一到呜呼的大树下,跳跳就沿着树枝一阶阶跳上去,直到来到树洞的入口。

"呜——呼！呜呼——！"还没进门她就开始高喊。

然而没有人回应她。

她闯进去，看见了呜呼那把粉红色的扶手椅。可椅子是空的，呜呼没有坐在上面。橱柜也是空的，当初呜呼发现她被遗弃之后，就是从这个橱柜里拿种子喂她的。他存放在橱柜里的小东西都被打碎了。书架上那些跳跳读过的书也一片狼藉。

墙上的画被撕了下来，彩色的地毯和盖毯都皱巴巴的，被扔在角落里。这个树洞里好像发生了一场激烈的战斗。扶手椅上躺着一本被摊开的书，像是逃跑的时候被匆忙留下的，或者……

或者是被抓走的时候！

跳跳走近扶手椅，看清了那本书的标题：如何赶走蝗虫。

"我就知道，我就知道！呜呼永远不可能允许自己被蝗虫总愚弄！"跳跳自言自语道，"他想阻止他！显然蝗虫总是因为这个抓走了他……我得去救他，我必须去！可是该怎么办呢？我只有一个人。我的朋友们这个时候都起不了作用。雪球离不开他的床，英俊只会往自己的喙里塞酥片，而命啊……哎呀，命啊……你怎么能在意那些该死的酥片超过呜呼呢？你那么大、那么强，只要挥挥翅膀就能赶走数百只蝗虫！如果我是一名云雀武士就好了，事情就容易多了……可我没法一个人救他们所有人。我得战胜数百万只蝗虫，我甚至没有一把武士刀，也没有可以握刀的翅膀。天哪，亲爱的呜呼，我救不了你，不管我有多想救你，这都是不可能的……"

第十一章
云雀武士

跳跳怀着巨大的悲痛，坐在呜呼的粉红色扶手椅中。她还记得，当初自己找不到妈妈时，呜呼是怎么抱着她、安慰她的。她还记得他是怎么训练她变得强大，训练她相信自己的力量，在逆境中永不放弃，永远为自己所爱的人战斗的。她想到了呜呼在她伤心时轻抚她的样子，在她自己无法擦拭眼泪时用柔软的翅膀帮她拂去泪水。

她想到呜呼教过她，"不可能"只是一个词而已。她知道为了保护呜呼自己可以做任何事。在她的世界崩塌时，呜呼一直陪在她身边。在对妈妈和哥哥姐姐的思念让她无比消沉时，是呜呼给了她一双翅膀。在她的世界一片黑暗时，这只猫头鹰就是带给她希望之光的灯塔。

想着想着，笑容点亮了她的脸庞。跳跳笑了。她感到自己的心脏有力地跳动起来，火焰在她的血管里燃烧。她觉得有一百节电池给她充满了电。古老的武士精神在跳跳的灵魂里复活了。他们的勇气、荣誉感和力量，像一股浪潮，在这只云雀小小的身体里奔涌起来。呜呼就是她的将军，她会为他而战，直至最后。

为他而战是一个保守的说法……她决定要和世界上所有的蝗虫决一死战！

"当心点，蝗虫总，我来找你了！我要解救呜呼，所以，做好准备吧！"跳跳坚定地说道。她跳下扶手椅。"你说我没有翅膀？没错，但我有腿，我跳得比任何一只蝗虫都好。我没有刀，但我的喙比世界上任何一把刀都锋利！你说我孤身一人，而你有一支数百万人的军队？是，但你是为金钱而战，而我是为我最好的朋友而战！我会打败你的！"

就在这一刻，在呜呼荒废的房子里，跳跳变成了一名小武士！她走出树洞，敏捷地从一根根树枝上跳下来，落在地面，然后向蝗虫总的商店飞奔而去。然而她才跑出去几步，就听到一个声音对她说……

第十二章
穿裙子的王子

"告诉我，萝卜头……你真的觉得我不会再瘦下来了吗？如果我继续吃酥片，就会变成一个……胖子吗？"

英俊从一棵树后走出来。只有他一个人。他的颈毛和胸毛上沾满了酥片的碎屑。

"英俊先生，真高兴见到你！"跳跳笑容满面地说道，"我以为你在家呢，玩……叫什么来着，我又忘了。"

"首先，最重要的是，我不叫英俊。我叫麦克英俊。我是一只苏格兰火鸡。"

"什么意思？"

"就是这个意思，萝卜头。我是一位尊贵的、非凡的、迷人的苏格兰火鸡王子！在我屁股上没剩几根毛的时候，我授予了自己这个称号。除夕那天我收到了几本讲苏格兰和苏格兰短裙的书。我必须给自己织一条裙子，而且得尽快，因为不那样做的话，我的……屁股就要冻成冰了。我没道理在大冬天光着屁股出门，不是吗？你为什么笑，小姑娘？你以前从来没有见过光秃秃的屁股吗？"

"老实说，请原谅，我之前确实没见过光秃秃的火鸡屁股。但这不是我笑的原因，我笑主要是因为我真的很高兴见到你！"

"既然你这么说了……那你还记得在那段非常短暂的时间里，我……不那么英俊的样子吗？我乞求你已经忘了，看我现在多么优雅……"

"不，我没有忘。尽管你那时，呃……我该用什么词表达呢……后面有点稀疏，但你勇敢得令人难以置信。你把我背在背上，飞过奔涌的河水，就在它们淹没废品场的前一秒。你救了我的命，我永远都不会忘记的，英俊先生！"

"麦克英俊。"

"什么？"

"麦克英俊，不是英俊。或者，如果要更顺口的话，叫我麦克英俊王子也行。"

"所以那不是个玩笑，王子什么的？"

"当然不是，当然不是。我就是最英俊的苏格兰火鸡王子！"

"可你怎么知道你是一位王子？"

"我就是！我在书里读到了一个故事，里面说很多年以前有一只苏格兰火鸡，他因为英俊的外貌而举世闻名。你不相信我，但我找到了他的肖像画。怎么说呢，他是一位让人震惊的火鸡国王。猜猜谁和他长得一模一样？来吧，让我来揭晓答案！萝卜头，你走近点看看我！"

英俊挺起胸膛，抖起颈毛。当他把目光远远地投向地平线，将双翅高高地举向天空，他确实看起来有几分王子的样子。他在想象一位将军带领着勇敢的火鸡士兵奔赴前线的场景。英俊的站姿模仿了一位著名画家笔下的国王的姿势。

跳跳又笑了。

"不要告诉我那位伟大的火鸡国王长得像你……"

"是的，是的，是的！一千个是的！我和他就像跨越了时间的双胞胎，他没准儿真的是我的曾曾曾祖父！事实上，我肯定他就是我的曾曾曾祖父。从现在开始，叫我王子，萝卜头。"

"叫你什么？"

"王子，叫我王子。随便吧，你也可以叫我别的名字，我准许你这么叫，毕竟我们是老朋友了。"

"好吧，麦克英俊先生。可是你为什么在这里？"

"呃……是因为我的曾曾曾祖父，那位国王，在他的肖像画里，他的腹部很大。"

"腹部，那是哪里？"

"肚子，小妞。胃、腰、小肚子。所以我在想也许你说得对……"

"我说了什么？"

"你说如果我继续整天坐在那里玩那个好玩的‘织一织，得酥片’游戏，并且不停地吃酥片的话，我可能也会长出大肚子。我不太想玩了。岂有此理，我可是王子，又不是什么织袜子的纺织娘。"

"要我说，你实在是太明智了，英俊先生！哪个战斗的王子会整天在电脑前往自己嘴里塞一大堆酥片呢？时不时吃那么一小口倒是不错。电脑确实很有用，我也知道这一点。只是偶尔用一下的话，可以学到很多东西。但不能一直用！它们会影响你的判断能力，到最后你会表现得很奇怪！"

"你的意思是我并不是真正的王子，这只是我的想象？"

"不，我指的不是这个！我的意思是，如果你还继续一直吃那些该死的酥片，继续玩那些电脑游戏，你有相当大的可能会变成那样。看看其他的动物们，看看那样的生活方式都对他们做了什么！看看这座森林。这是一场灾难！"

"谁在说'灾难'！那可是我的专用词！"一个醇厚的声音传来，勉强能听得见。这是……

第十三章
不一样的闪电球先生

　　蜗牛闪电球！尽管他看起来一点也不像闪电球先生。他几乎拖不动他的身体，还抱怨个不停。他胖得像黄油一样，脸色不断变换着，一会儿蜡黄，一会儿幽蓝，一会儿通红。实际上，他的头就像一个闪烁的消防车信号灯！他的双下巴垂到了地上，两只眼睛因为盯着电脑屏幕太久而布满了红血丝，他已经钻不进自己的壳了。

　　"闪电球先生，见到你真是太高兴了！"跳跳欣喜地大喊着，把她的头抵在闪电球先生蜡黄且大汗淋漓的头上。

　　"天哪，小姑娘，你的喙要把我的眼珠子啄出来了。要知道如果你把我的壳戳破了，我就没合适的地方住了。怎么回事，你把自己当啄木鸟了？在原地站好，离我的眼睛远点，它们受损严重，我这几天看什么都是一种古怪的粉红色。你旁边这只胖火鸡，他是不是也是粉红色的？天哪，我的壳啊，我觉得我产生幻觉了，那些电脑游戏毁了我的一切。"

他指的胖火鸡，当然是英俊。

"什么？你这个黄色的大甜瓜！当心点，你正在对一位王子说话！"英俊插进话来，他显然是对闪电球说的。

"好吧……如果你是王子，那我就是国王。"闪电球先生说，"真糟糕，我把我的王冠落在壳里了。随便吧，我现在也进不去了。我太……大了。即使我想戴一顶王冠，我也戴不下了，因为我的脑袋现在像一颗李子一样大。"闪电球先生以闪电般的语速说道："年轻的火鸡，你游戏玩得太多，已经精神错乱了。这里是森林，不是什么想象中的国家。要不是你这么胖，还穿着一条奇怪的裙子，我会觉得你很像英俊，哈哈，那真是一只火鸡！那个长着肉垂的家伙整天觉得自己很帅，不过要我说，他的外表下倒是藏着几分真正的勇气！"

"麦克英俊，不是英俊。我曾经是帅气的英俊，现在我是帅气的麦克英俊王子。"

"行了，你们俩都别吵了！"跳跳大喊，"闪电球先生，我向你保证，他就是火鸡英俊。你认不出他是因为你用眼过度了，但只要你不再玩电脑游戏，它们很快就会好起来的。说实话，他确实涨了些体重，因为他把出门活动的时间都用来吃酥片了，但你也没好到哪里去，我看得出来！你看看你自己，你原本是世界上身材最好、速度最快的蜗牛，谁都比不过你。当你说自己速度最快的时候，他们都嘲笑你，没人相信你拥有闪电般的速度。但你的表现向所有人证明了他们错得离谱。可现在呢？你最近照镜子了吗？感觉怎么样？你觉得那些酥片、蛋黄酱，还有电脑游戏给你带来任何好处了吗？"

"小姑娘，既然你又一

次提到了蛋黄酱，我准备把它们都扔了……我确实吃太多了。我感觉很不好，移动得很艰难，几乎没办法移动了，我变得跟我太奶奶一样……而且我现在像是带着一副红色的隐形眼镜在看这个世界。抱歉，英俊……"

"该说对不起的是我，闪电球！"英俊回应道，"不过还是请叫我麦克英俊王子！"

"你们是又要开始了吗？呜呼现在很危险！拜托你们别再吵了，帮我一起救救他吧！"跳跳再次打断他们。

"呜呼有危险？"他们俩异口同声地问道，"什么危险？有人伤害他吗？我们当然会帮你救他！要我们去踢谁的屁股？"

"蝗虫总把他抓走了。"跳跳回答，"呜呼意识到了蝗虫总的酥片和电脑游戏带来的危害，所以他让那些蝗虫离开这座森林。蝗虫总生气了，抓走了他。我猜测他把他关在了商店里。但要把我们的呜呼救出来是一件非常困难的事。蝗虫总可是有数百万只蝗虫在为他工作……"

"那又怎样？"闪电球先生大声地说，"我们可以把他们压碎、挤扁、踩烂，把他们扇到天上去，把他们赶出这座森林！"

"是的，是的！"英俊附和道。他挺起胸膛，双腿扭转，气势汹汹地说："我苏格兰式的战斗口号会让他们恐惧地颤抖，让我们高喊：麦克英俊，麦克英俊，麦克英俊！"

"你的战斗口号真是太可笑了，你的声音听起来像一只聒噪的鸭子。"闪电球先生嘲笑道。

"是吗？当心点，如果被一颗樱桃看见你通红的眼睛，可能会宣称你是她的丈夫！"这只火鸡迅速反击道。

"够啦！"跳跳说，"现在只剩下一个问题，一个比成群的蝗虫更大的问题……"

"还有什么问题比成群的蝗虫更大，小姑

娘？"闪电球先生问。

"是命啊。命啊在为蝗虫总工作，通过这种方式换取酥片。"跳跳回答说。

"噢，不……这确实是一个棘手的问题……"英俊的胸膛一下子塌了下去，像一只泄气的气球。

"是啊，命啊是我们这群人里最强的。"闪电球说，"伙计们，你们知道命啊还有一个名字吗？他也被称为'索尔'。你们知道在古挪威，索尔是雷神和战争之神吗？我在壳里的一本书里读到的。我可能是国王，你可能是麦克英俊王子，而你是……跳跳，但我们都不可能跟神相比。"

"我希望我是……一名武士。"跳跳悄悄地说。但她又觉得有些不好意思，于是红着脸低下了头。

英俊又一次挺起胸膛，他的肉垂变得通红，他说："萝卜头，不要低下你的头！你是我见过最善良、最正直、最慷慨、最勇敢的动物！如果这个世界上还有活着的武士，那你一定是其中之一。而我，帅气的麦克英俊王子，向你致敬！"

一秒都没有停顿地，英俊向着跳跳低下了头。

"噢，我的壳啊，这只粉红色的胖火鸡说得对极了！"闪电球赞同地说道，"如果王子都向你致敬了，那我，伟大的蜗牛国王，也是一样的，哈哈。来吧，带我们去战斗，去拯救呜呼。顺便问一下，他是什么头衔？"

"他是我的将军。"跳跳笑了，"王子殿下，国王陛下，请起来吧！"小云雀开玩笑地说道："我们必须制订一个战斗计划。我们面临的会是一场非常艰难的战争，而我们只有三个人……"

"你们不是只有三个人，现在有四个人了。"一个坚定有力的声音从他们身后传来。

第十四章
战斗计划

是雪球，那只心地善良的小乌鸦。他身上裹着落叶和尘土，用煤炭般黑溜溜的眼睛看着他们。

"天哪，快看！一个会说话的羽毛球！"闪电球大叫道。

"不对，是一只河豚，还长了喙！"火鸡英俊反驳道。

"听着，你们可以尽情地开彼此的玩笑，只要你们觉得开心，但是不可以取笑雪球。他那么善良，而且他来这里肯定很不容易，尤其是他现在这么……呃……"

"这么圆，我们没必要吞字！"闪电球说，"他现在看起来就像一只飘不起来的气球，哈哈。"

"闪电球先生！"

"对不起，小姑娘，你说得对，我不说了！"

"我觉得你说得没错，闪电球先生。"雪球说道，"我知道自己现在看起来是什么样子，我很清楚自己变成什么样了。我好像经历了一场噩梦。有一刹那，我突然从窒息中醒来，发现自己被一堆堆酥片的空包装袋包围着。我动不了，甚至连眼睛和喙都张不开。我意识到不能这么活下去，所以想来找你们寻求帮助。我尝试着飞过来，但是……我的翅膀太虚弱了，支撑不了我的身体。我已经飞不起来了。我现在沉得像一个保龄球。"

"你能来，我们都很高兴，雪球！我觉得每个人现在都需要别人的帮助，尤其是呜呼。"跳跳说。她和雪球碰了下头，表达自己有多高兴。"蝗虫总抓走了我们亲爱的呜呼，把他关了起来。"

"天哪，不！我们该怎么做？跳跳，计划是什么？"

"我在想，如果要跟蝗虫们单独作战实在是太

难了，毕竟他们有几百万只，是不是？"

"是的……"

"但他们都听命于蝗虫总。他是他们的老板，对不对？"

"对……"

"那么，我们直接去找蝗虫总。我知道他在哪儿，我去过那里，可以带你们去。"

"好极了。然后呢？"

"我们找到他，然后抓住他。其他蝗虫看见他被我们抓住了，自然就会离开他的，因为没有人给他们付薪水了。相信我，他们不会出于友情为他而战的。他们并不爱他。你们觉得怎么样？"

"麦克英俊，麦克英俊，麦克英俊！"火鸡喊出了他的战斗口号，然后说道，"也许能行吧，萝卜头。说不定那些蝗虫会被我的美貌震慑，然后我们就能飞快地突破他们的防线。"

"速度才是关键！"闪电球也大声说道，"等着吧，蝗虫们，我要启动我的马达了！你们会被闪电击中然后仓皇逃窜！我们走！"

四位战士朝着蝗虫总的商店出发了。

第十五章
最勇敢的伙伴们

一到达森林边缘，他们就小心地观察起商店里的情形。这个时候差不多是傍晚了，商店即将关门，最后几只动物也抱着满怀的酥片离开了。有两三只大个子的蝗虫，穿着蓝色的制服，守在商店前。还有几只站在屋顶，正在那个写着"蝗虫总的酥片和电脑游戏商店"的招牌旁边。

"我们再等几分钟，然后飞速冲向正门。那扇门不厚，我们能撞倒它。英俊先生，你是我们中最大、最重的，你觉得你能把那扇门撞开吗？"

"麦克英俊，麦克英俊，麦克英俊！没人能阻挡一位苏格兰解救者王子！"火鸡英俊骄傲地说。

"等打开那扇门，我就领着你们去蝗虫总的办

公室。都同意吗，伙计们？"

"同意，云雀武士！"闪电球说，"我们走！为了呜呼，冲啊！"

他们一起径直向正门冲去。跳跳活力惊人地跳过去；英俊如同一个真正的巨人，胸膛挺得像山一样高，迈着沉重而坚定的步伐往前跑；闪电球起步得稍微有些慢了，因为，你知道的……他现在很重，但一旦跑起来，就一把冲到了最前面，只留下一大团烟尘在身后；雪球也打算跑的，结果绊了一下摔倒了，然后越滚越快，像一颗保龄球一样冲着商店去了。

一开始，蝗虫们并没有看见他们，都以为是一大团风暴正向他们袭来，越来越近。然而在这团古怪的风暴中，守卫们依稀辨认出，有一个壳，还有一张喙或者一团羽毛，马上就要撞上正门了，他们高声喊道："警报！警报！警报！商店遇袭，准备防御！"

成千上万只蝗虫从商店里奔涌而出，在四个伙伴面前列成整齐的方阵，看起来像一座套着蓝色制服、顶着绿色小脑袋的森林，连触须都是笔直竖立的。

但是，没有什么能阻挡闪电球、英俊、雪球和跳跳——我们的云雀武士。

这四位战士带着飓风般的力量冲向商店！雪球像一枚炮弹一样冲进敌军的方阵。蝗虫们一只接一只地被他撞倒，纷纷溃散。

闪电球先生同样像冲击波一样撞向敌人，飞快地掠过那些被雪球撞翻的蝗虫。而跳跳，作为一位名副其实的武士，用她的实力精准地将每一个企图爬起来重整旗鼓的蝗虫再次啄倒，为英俊清理出一条直通商店正门的路。而火鸡英俊，将胸膛挺得比任何时候都高，如同雪崩一般咆哮着撞向大门："麦克——英——俊——"可是，大门纹丝未动。

"天哪，妈妈，这真是一扇坚固的门……我的肩膀差点都撞碎了……"

紧接着，他两眼一翻晕了过去。

跳跳、闪电球和雪球突然停下了他们向前冲的

步伐，呆呆地看着这只火鸡倒了下去。没人期待大门能一下子打开，现在他们更为他的性命担忧。

"我记得他说……他尾巴上的毛已经长出来了……"闪电球说，"可我看他的屁股还是光着的……"

"闪电球先生，我们现在面临的问题可比英俊尾巴上有没有羽毛严峻多了！蝗虫们马上要冲过来了，那时候可就更不好看了！"

这话一点也没错。那些被冲散的蝗虫都看见了英俊没有撞开大门，还摔得四仰八叉。勇气重新回到他们身上，所有的蝗虫都把目标集中到商店门前围在晕过去的火鸡身边的三个伙伴身上。一只接一只地，这些蝗虫企图把他们包围起来。然而跳跳、雪球和闪电球坚守着他们的阵地，勇敢地和这些带翅膀的袭击者战斗。他们很幸运，因为他们背靠着商店的大门，不用担心被从背后偷袭。他们勇敢地把一只只接连扑上来的昆虫击倒，拍飞。突然间，一个像坏掉的小号一样刺耳的声音从商店的屋顶

传来："小了，你真的觉得你们能赢吗？我为你们准备了一份惊喜，一份带给你们的冲击绝对超出想象，比一百万只蝗虫还刺激的惊喜。"

你猜得没错，是蝗虫总。他随后高喊了一声……

第十六章
被雷神所救

"小——子！把那只小了（鸟）、那条白蛇（指闪电球）、那个乌鸦球，还有那只晕了的火鸡，全都赶——走！"

商店入口的门嘎吱一声打开了，出来的是强壮有力的黑色渡鸦——命啊·索尔。他的眼睛里闪过一丝愤怒的光。雪球和闪电球被吓到了，惊恐地后退了两步。蝗虫们停下了攻击，等着看接下来发生的事情。英俊仍然没有醒来，而跳跳……跳跳甚至都没有眨眼睛。她就这么抬着头直愣愣地看着命啊。说得没错，这一击是她完全没有预料到的。

数百万只蝗虫对她来说不算什么，他们的嗡鸣和袭击伤害不了她，即使被他们击倒，她也能很快地爬起来。可是被挚爱的朋友背叛，还是她始终很在意的朋友，这让她无法承受。她死死地盯着冲过来的命啊，脑海里浮现的却是他们一起和伐木工人、向森林倒垃圾的人类做斗争的那些时刻。

然而，命啊·索尔停下来了，在他的喙几乎要戳到跳跳的脸时，然后……

他对她眨了眨眼睛。

随后他看向屋顶蝗虫总所在的位置，眼睛里再次闪过愤怒的光。他对着蝗虫总说："我有没有警告过你，不要叫我小子？"

就在那一刻，那只蝗虫明白自己输了。强壮的渡鸦展开他宽大的双翅，带着钢铁般的喙，向成群的蝗虫扑去。只要随便一扇，他就能将数十只蝗虫拍倒，像一道黑旋风一般将他们摔到地上。跳跳、闪电球和雪球一边发出欣喜的尖叫声，一边对付着剩下的蝗虫，他们几乎无路可逃。不一会儿，整个蝗虫军队就从森林里最高的几棵树的树顶消失了，就像一片被风吹走的云。

"命啊，我就知道你永远不会背叛朋友，我就知道你会帮我们！"跳跳对命啊说。

"对不起，我来得太迟了，我太蠢了。"命啊回答道，"而且我很抱歉呜呼因为我受困了。"

屋顶的蝗虫总正准备逃跑。蝗虫群已是一片狼藉，他只能靠自己细弱的翅膀。就在他打算飞起来的时候，一只尖利的爪子把他扔到地上，并且罩住了他。

两只大大的橙色眼睛定定地注视着他，曾经让他恐惧的温和嗓音在耳边响起：

"你还想往什么地方去？"

是森林幽灵呜呼！

听到他的声音，命啊、跳跳、闪电球和雪球齐刷刷地冲到商店的屋顶。每个人都紧紧地抱住了这只猫头鹰。他们又哭又笑，那是喜悦的泪水。呜呼友善地回应了大家的拥抱和贴面吻，当然，是在确保蝗虫总没有

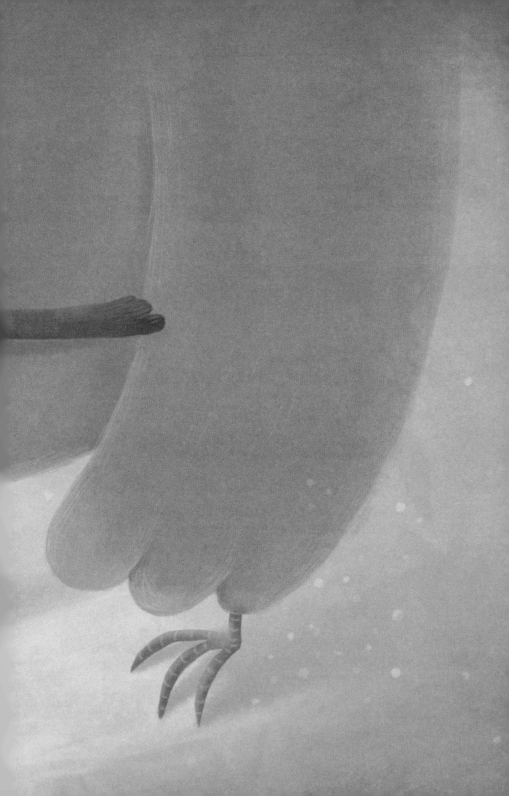

逃出他的爪子的情况下。

"呜呼，你还好吗？你是怎么逃出来的？"跳跳问他。

"我还好，亲爱的，我很好。这个绿色的小家伙用锁链把我锁在了他办公室后面的房间里。不过当蝗虫们都跑出来保护商店，阻挡你们的时候，我就想办法给自己松了绑。最重要的是，我很高兴你们都平安无事，尽管有几个人确实……体积变大了些！"他意有所指地看了看雪球和闪电球。

"原谅我，呜呼，是我害你被锁链锁了那么久。"命啊·索尔说，"是我背叛了你！"

"亲爱的命啊，是你救了我们才对！你又一次向我们证明了你有多勇敢！蝗虫总才是那个应该为这一切负责的人。"

蝗虫总开始因为恐惧而颤抖起来。"求求你们不要杀了我，不要杀了我，我只不过有是有一个可怜又渺小的灵魂……"他哀号道。

"今天早上他还高高在上、威风凛凛，把全世界都踩在脚下。"呜呼说："你对这座森林里的动物所做的所有事不可能就这么算了！不过你会面临一个公正的审判，那些被你欺骗的人都会成为陪审员。我们会在林间的空地上审判你，也会在那里宣判。让我们看看你和你的酥片还有电脑游戏会有什么样的下场吧。对了，英俊呢？"

"天哪，不，英俊！"跳跳叫起来，"他还躺在商店门前。他想用力把门撞开，但事实证明那扇门要比他强壮一点。"

下一刻，他们一同回到地面，担心地看着这只火鸡。谁知英俊睁开了眼睛，环视了他们一圈。他看到商店的门大开着，看到呜呼、命啊和其他人，并且留意到身边的昆虫已经只剩下蝗虫总。于是他说："天哪，所以是我撞开了门，说服命啊回到了我们这边，解救了呜呼，还抓住了蝗虫总。果然只有像我这样令人敬畏的王子才能创造这样的英勇事迹！"

"我差点就相信了，如果不是看见你四仰八叉地躺在地上，腿指着天，裙子都盖在了头上的话，或者如果没有看见你的羽毛并没有你想象的那么完美的话。"闪电球粗暴地点评道。

然后他们都哈哈大笑起来。

第十七章
善良创造奇迹

第二天，森林里所有的鸟、兽、爬行动物和昆虫都聚集在林间空地。在空地中央的一个树桩上，站着蝗虫总和呜呼。这只猫头鹰清了清嗓子，大声而清晰地开了口，确保每个人都能听到他的声音："亲爱的各位，今天我们聚集在这里，是为了审判蝗虫首领。大家都是酥片和电脑游戏的受害者，所以我邀请你们一起来陪审。每个人都可以大声说出自己的看法，并提出解决方案。谁想先来？"

"我想，呜呼，请让我先说！"跳跳大声

喊道。

"来吧，跳跳，到这个树桩上来，让我们一起听听。我等不及要听你说什么了。"呜呼带着微笑说道。

跳跳轻松地跳上树桩，站在蝗虫总旁边。她清了清嗓子，说道："亲爱的朋友们，我要说的可能会让你们觉得惊讶，而且你们中的很多人可能不会认同。但还是请你们用心，不只是用耳朵听我说。"

森林里的动物们开始窃窃私语，都用好奇的目光看着跳跳，跳跳接着说道："我提议放蝗虫总去他想去的地方。"

"不！不行不行，他必须受到惩罚，必须被关起来，必须被锁链锁住，必须挨饿！"动物们的咆哮声、尖叫声等填满了整片空地。

"安静——请接着听跳跳说完！"呜呼高声说道。出于对这只猫头鹰的尊敬和爱戴，大家都停了下来。

"蝗虫总会变成这样，就是因为从来没有人

向他传递过善意。"跳跳说，"在他年幼挨饿时，没有人帮助过他。他从来没有体会过真正的友谊，也从来没有感受过来自家庭或陌生人的关怀。我们不是他的那群蝗虫，我们都不是冷漠心狠的人。我们一直都在互相帮助。每个人都犯过错误，但我们都得到了身边人的原谅和帮助。我们拥有彼此，而他一直是一个人；我们拥有家庭，他却一无所有。而且，公平来讲，他并没有把酥片硬塞进你们的喉咙，也没有强迫你们玩那些电脑游戏。老实说，选择都是你们自己做的。当然，他绑架了呜呼，还下令让蝗虫们攻击我们。不过，如果可以的话，我想请你们原谅他。尽管看起来不是这么回事，但蝗虫总其实很聪明，而且他会从错误中吸取教训。只不过，拜托大家，让我们教会他善良和宽恕的意义。"

整片空地陷入寂静，没人能说出一句话，直到呜呼打破了沉默："跳跳，虽然你比我小了这么多，但你的智慧远胜于我。好吧，我同意放他自由。还有，谢谢你又一次让我认识到真理。"

"我们也同意！"命啊、闪电球、雪球和英俊齐声大喊道。

"我们也同意，我们也同意，我们也同意！"所有的动物，一个接一个地，都喊了起来。

最后，呜呼对蝗虫总说："你可以去任何你想去的地方。你自由了。"

没想到，这只蝗虫的回答出乎了所有人的意料。

第十八章
巨大的转变

"我不想离开。我想留在这里，和你们在一起。"

空地上又开始议论纷纷，所有人都迷惑了。呜呼又一次高声说道："安静！让他说完！"

蝗虫总接着说："没错，我之前犯了很多错误，为此我感到非常抱歉。但跳跳说的都四（是）真的，我从来没有感受过温暖，无论四（是）来自一个有爱的家庭，还四（是）来自一群朋友。跳跳还有一句话也嗦（说）得很对，她嗦（说），没有朋友，不管

我拥有多少金子，也只能拥有一个贫穷的灵魂。尽管我很富有，但我还四（是）很孤独。即使我拥有一切，我还四（是）不快乐。但我就是这么活下来的，我就四（是）这么和饥饿做斗争的。今天，你们让我看到世界上也有善良、宽容，而不仅仅只有残酷。因为你们，我愿意改变自己。我保证，我会对我所做的事情做出补偿，但我需要你们的信任和帮助。请你们相信我，我不会让你们后悔的。"

经过一番讨论，动物们最终决定给他一次机会。

三个月后，夏天即将离去。曾经人类烧垃圾的那个地方，也是蝗虫总开商店的地方，如今已经焕然一新。原本焦黑的土地重新被青草、苔藓和各种各样的鲜花覆盖。新鲜的树苗也被从森林里其他地方移植过来。这块曾经的荒地，变得像一座世界上最光彩夺目的宫殿的花园。

那座曾经是酥片和电脑游戏商店的建筑被刷成了牛奶一般的白色。它被扩建了，拥有很多宽敞的房间，阳光会透过大大的窗户把它们照得亮堂堂

的。现在商店的招牌被一块布盖着，蝗虫总邀请了森林里所有的动物，一同来揭晓他们辛劳这么长时间的成果。

一个接一个地，大大小小的动物都来了，围在白色的建筑前。他们都穿着整洁、得体、正式。他们都恢复到正常的体重了，因为蝗虫总将储存在商店里的新鲜、健康的食物都送给了他们。他还劝说动物们参与到他的大工程里，确保每个人每天都活动起来。每隔一段时间，他还是会给大家一包酥片当零食。但更多的就没有了！

"大家好，欢迎你们！首先我要感谢大家给予我的信任和帮助！"跳跳、呜呼和其他所有出席的动物都笑容满面地鼓起了掌。

"我在这里建造了一座非常有价值的建筑，能对很多人起到很大的作用。在这座建筑里有一个房间，里面全是电脑，随时欢迎想来玩电脑游戏的人。虽然这些电脑有时候会提供游戏功能，但是它们的主要用途还是用来帮助初学者学习。这些电脑都是很重要的资产，它们可以帮助你们了解居住的这个世界，了解世界上的奇妙事物，还有它们的过去和未来。这里还有一家餐厅，只供应新鲜营养的餐饮。还有一座体育馆，因为不运动的话，没人可以保持身材。

"我会邀请跳跳来为这个招牌揭幕，上面之前是我那家臭名昭著的商店的名字。很快你们就会知道，现在这是一个多么棒的新地方，它一定会让这座森林变成一个更幸福的地方。跳跳，请你拉一下那边那根绳子！"蝗虫总对小云雀说。

等她用喙咬住了那根绳子，超级迷你的蝗虫总对她说道："谢谢你拯救了我的性命，并且教会我善良的意义。这是人生中第一次，我感受到了快乐！"

跳跳回复了他一个甜美的笑容，然后她拉下了绳子。盖住招牌的巨大幕布滑落下来，每个人都看到了这座建筑上面那两个金光闪闪的大字：

学校